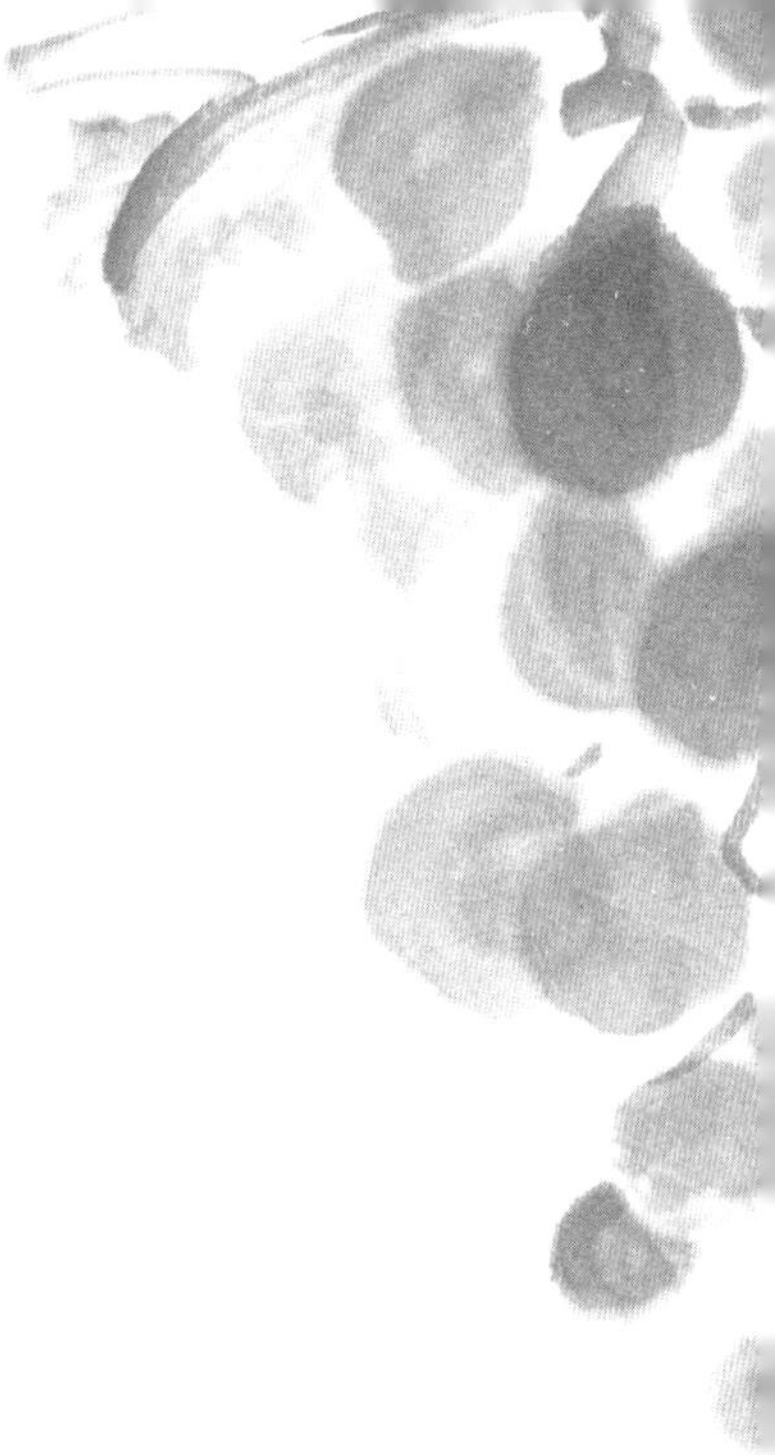

葡萄

句集

田島佑子

Budou
Yuko Tajima

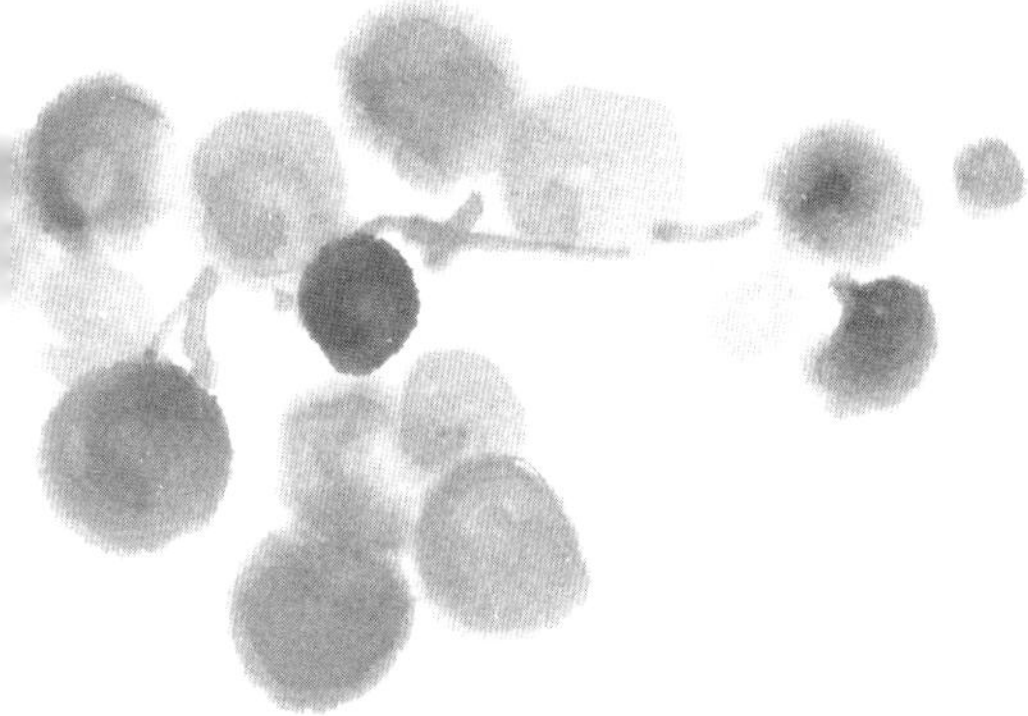

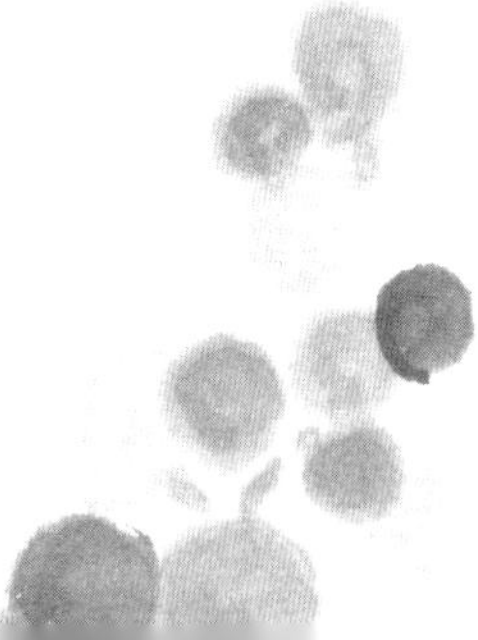

文學の森

序に代えて

森　潮

田島佑子さんは青森県三戸郡の南端、岩手県との堺にある三戸町で生まれた。ここは古くからの交通の要所で、城下町、宿場町として栄えた。南からの馬淵川（まべちがわ）と西からの熊原川に挟まれた中心部の小高い丘には戦国時代の南部氏の城跡がある。現在は国史跡三戸城跡城山公園となっていて、千六百本の桜が植えられ憩いの場となっている。佐瀧別邸など大正期にしては珍しい鉄筋コンクリートのモダンな洋風建築が残り、どこか懐かしい町である。

田島家は代々南部藩の御典医の家系。兄妹は七人いたが、田島さんをのぞいて皆医者になった。

また叔父に、「東北の俳諧の重鎮」と称された増田手古奈（本名義男）がいる。十和田湖の西、大鰐町で医院を開業。彼は東京大学法医学教室在学中に、同じ教室にいた水原秋桜子に勧められて高浜虚子のホトトギス門に入り、四S（水原秋桜子、山口誓子、阿波野青畝、高野素十）につづく新人として期待されていた。昭和六年、東北で唯一のホトトギス系の俳誌「十和田」を創刊。田島家にも俳誌が送られてきていて、田島さんは幼い頃から俳句に親しみを感じていた。

高校は八戸東高等学校。大学は東京都小平市の津田塾大学英文学科に進学。キリスト教研究会に入ったこともあった。正月、彼岸、ゴールデンウィークなど休みがあれば家に帰っていた。野と川、川と山が交互に移り変わりゆく景色を車窓から眺めるのがとても楽しみだった、と言う。

卒業後ソニーに入社。図書室のおもに科学技術関係の司書をしていたが、会社の発展とともにインフォメーションセンターで科学技術者に情報を提供する仕事に変わっていった。会社には俳句同好会があり入会。石田波郷系統の俳誌「末黒野」の皆川白陀先生、次に俳誌「泉」の小林康治先生に習った。

しかし、田島さんは「ホトトギス」の自然をただ写せば良い、という考え方にしだいに物足りなさを感じ、自分の進むべき道を模索するようになっていく。

そんなとき森澄雄の句集『花眼』所収の句、

磧にて白桃むけば水過ぎゆく

に出合う。それは「ホトトギス」の写生や四S、その後の人間探求派、石田波郷、加藤楸邨、中村草田男等の重々しさとも違う、時間意識の清新な明るさがあった。田島さんの言葉によると「人間の心に入っていく、奥行きのようなもの」を感じたと言う。

昭和五十五年（一九八〇）「杉」に入会。昭和五十八年「杉」同人となる。田島さんがこの間、何を考え、何を模索していたか、当時の作品と森澄雄の句評でたどってみよう。

昭和五十八年一月号、初めて巻頭一席になった四句の最初の句について澄雄は、

水澄むや帚草より風のこゑ

「水澄む」ということに、「どう」澄むかの言葉を重ねて大方は解説を加えてしまう。だが、この作者は、「水澄むや」だけで踏みとどまった。しかも、「帚草より風のこゑ」と何でもないものから、自然の仕種で声を聞こうとしている。「帚草より風のこゑ」と水澄むやの照応も見事だが、帚草の風の声を聞こうとしている姿勢に、この作家がようやくにして到達した、ひろやかな心をみる思いがある。

と、手放しで成果を讃えている。

つづく二月号では、

風すこし高くなりきし返り花

なぜ風が高くなったのかと理詰めに考えては、この句の懐に入っていけない。この作者が指し示す世界を一緒に眺めることで、この作者の大方の世界は理解できる。断定ではなくて、一歩一歩現場へ連れて行ってくれるおもしろさが、この人の作品にはある。それでいて、「風すこし高くなり」は、返り花の頃の風のあり方を、正確に言い止めている。と、田島さんの作句の姿勢に、これでいいんだよ、という澄雄の温かいエールの声が聞こえてくる。特に「断定ではなくて、一歩一歩現場へ連れて行ってくれるおもしろさが、この人の作品にはある」の評が田島さんの慎重な性格を捉えていて、面白い。

三月号に、

山別々に暮れてゆく刈田かな

山が暮れると言っても、その高さ、向き、遠近などによって、各々暮れ方は違う。普通だと「別々に山暮れてゆく」とリズムを調えるのだろうが、この作者は「山別々に暮れてゆく」と、散文風の作り方にしている。前者では言葉が流れてしまい、山から眼が離れるが、後者は、山の夕暮れの移ろいから眼を離していない。これは大事なことだ。しかも、刈田を置くことにより、山々の暮れ方が「遠近法」で一層明確に見えてこよう。

と田島さんの独特な言葉の使い方を指摘。特に「眼を離していない」というところに田島さんの俳句の大きな特徴があるようだ。

四月号、二度目の巻頭を飾った句について、

元日の雪すこし降り雑木山

この作者は、いつも景をあっさり描きながら、深い心を見せてくれるところが嬉しい。作品に則して言えば、「すこし雪降り」でなくて「雪すこし降り」とした点がおもしろい。前者では、「すこし」が、科となり、味付けとなって残るが、後者だと、事実を事実として言った言葉の味わいとして残ることが分かるはずだ。そこが形容詞の難しいところでもあるしおもしろいところだろう。

これは句作りのおもしろさだが、もうひとつ、この句の内容的なおもしろさは、元日の、作者自身の華やぎの心を見せてくれたところだろう。眼前の景にスーッと心を乗せているところがいかにも良い。

とある。田島さんの何気ない言葉の置き方の工夫を、澄雄は嚙み砕いて、他

の読者にも分かるように書いているが、やはり迷える子羊である田島さんへの篤い応援メッセージとして読むべきだろう。澄雄自身、「毎月の『杉』の言葉を書いていて、正直のところ一番書きにくいのが、この人の作品である」と書いている。

田島さんに、どうして風景を見つめ俯瞰したような句が多いのかと訊くと、自分が育った三戸町の家を理由にあげた。「熊原川沿いの少し小高いところに家があって、見下ろせば磧が見え、前にこんもりとした城山公園、その向こうに大きな名久井岳が重なるように見えるんです。だから自然と幼い時から風景を見つめ俯瞰する癖がついたんだと思います」と、言う。

また「冬が長いので、雑木山に雪が積もったりするのはとても美しく感動的なんですよ。長い冬が終わり、待ちかねていた暖かい春がやってきて草が萌えだすと、ワクワクドキドキする感じ」なのだそうだ。

新同人の抱負「草も樹木も自分も……」の冒頭、「俳句というこの不思議なものに取り憑かれていながら、私にはいつもゆれる思いがあります」とある。田島さんの句を堪能するためには、澄雄が指摘した田島さんの独特な眼差しを感じていただくのが良い。

初期の〈はつたいや町沿ひに川流れをり〉〈川とほく日当つてをり曼珠沙華〉〈磧への道照つてゐる氷菓かな〉などは、実家から見下ろした熊原川だろう。また、〈山なみに加はる山や青胡桃〉〈山に見えてさくらや山が近く見ゆ〉などの山なみは名久井岳だろうか。その他にも、雲とか、空とか、風に揺れる木々や冬木、道とかに注ぐ眼差しは生涯を通して変わらず、それらは三戸の原風景と深くつながっていることを示している。そして何より多く登場するのが「風」で、まさにゆれる田島さんだ。たとえば初期の〈うすらひや風をはなれしひよのこゑ〉〈風見ゆる遠き一樹や更衣〉〈風音のなかを風おと山眠る〉などが八十歳になると、

風の樹はわがこころの樹　聖五月

となって、「風の樹」と田島さんは一つに溶け合ったように詠まれる。
　そして八十二歳になられた時の、

さくら湯やどこか遠くを風のおと

と詠んでいる。「さくら湯」はよく婚礼の席などで出されるもの。とすると、

この「どこか遠くを風のおと」は、結婚なさらなかった田島さんに聞こえた「風のおと」なのである。このように風は草木に吹くだけでなく、それを見ている田島さんのこころの中にもしだいに吹くようになり、加齢とともに風景とこころが次第に溶け合い、見分けがつかなくなっていく。「かたつむり」についても、〈かなしみを背負ひしひかりかたつむり〉と詠まれ、田島さんが「かたつむり」になってしまったかのようだ。また集中、ゴッホやセザンヌという画家たちが詠われているのも、田島さんらしい感じがする。

句集名となった「葡萄」も十句詠まれているが、その最後は、

天空のいましづかなる葡萄かな

となり、景色でありながら、田島さんの晩年の穏やかな心境を詠っている。

私は令和二年、「この一句を得たことを共に悦びたい。一句一句は淡々と静かに抑えた表現だが、内面は思いのほか激しいドラマが潜んでいるのではないだろうか。ゆれる田島さんの『しづかなる』心の祈りと共に、本集の見事な円熟を讃えたい」と「序に代えて」に書いたのだったが、初校の校正を終え、「あとがき」を書かれた後、田島さんは右手首を骨折し入院。加えて、

新型コロナウイルスの疫病の流行とも重なり、面会謝絶。この間、田島さんは「杉」の投句を令和三年十一月号まで続けられ、令和四年九月二十八日、八十七歳で他界されてしまわれた。

私は遺された百五十句から四十八句を採録し、

風 明 る く て 天 空 の 花 野 か な

の、彼岸を見ているような句をもって、投句は最後となった。

師である森澄雄は俳句を「いのちを運ぶもの」としていたが、田島さんはベッドにありながらお見舞いの方と俳句を詠んで遊んだとお聞きしている。いのち尽きるまで俳句とともに生きられたのだ。ただ見事というほかはない。

令和五年二月二十三日

句集　葡萄——目次

装画・装丁　森　潮

句集 葡萄

「杉」以前

昭和五十一年〜五十四年（一九七六〜一九七九）

ちちはの言葉つつみて牡丹雪

白鳥の波薄氷を越えにけり

髪切りし指のつめたき夕桜

万緑や一語づつ読むマタイ伝

父の世のしづかに移る年酒かな

第一章

昭和五十五年〜六十三年（一九八〇〜一九八八）

日をのせて流るる川や青林檎

別々に見て夏山の重なりぬ

額に受くるひかり泰山木の花
すすりゐて遠くが灯るところてん

山なみの晴れ渡りたる青葡萄

かたつむり桜はおもき樹となりぬ

油蟬朝の樫の木濃くなりぬ
足もとに水暮れてゐしははきぐさ

帚木に風沈みたる星まつり

卓の上に影おく葡萄ヨハネ伝

黄落や影さきだてて馬歩く

かいつむり日のまんなかにゐてさみし

羽音して明るき幹や冬泉

夜の卓にひらくチェーホフ冬林檎

洞に日のぬくもりありし冬木かな

雑木山見てゐて春の立ちにけり

うしろ手の母に日当る椿かな

おのおのが山を見てをり春の暮

鶏頭や雲走りつつ夜となる

元日の日が射してをり桐簞笥

きさらぎの日蔭に別のさるすべり

夜叉ぶしや春の空より波の音

濃き植田あはき植田や雀飛ぶ

十薬や鉄棒に日ののこりゐる

山なみに加はる山や青胡桃

はつたいや町沿ひに川流れをり

遠雷や円空仏の頬たかき

炎昼や深井の中を水うごく

片町をゆきて風船かづらかな

川とほく日当つてをり曼珠沙華

ゆつくりとうごく曇天黒葡萄

水澄むや帚草より風のこゑ

ねむりたる赤子匂へりきりぎりす

椎の実や胸濡らしたる鳩あるく

山別々に暮れてゆく刈田かな

ところどころに藁塚の影冬に入る

風すこし高くなりきし返り花

冬耕や遠くの嶺に松見ゆる

波の上に波立ち冬木桜かな

元日の雪すこし降り雑木山

人日の濡れたる道をとほりけり

水飲んで息しづめたる竜の玉

氷りたる仏の水や雀鳴く

かたはらに木賊の影や寒牡丹

水仙の切り口鉄の匂ひする

風花や目を張つて飛ぶ雀たち

雪晴れや葡萄の木より鳥翔んで
桐の木の片側氷る山の空

日かげりて近くなりたる斑雪山

うすらひや風をはなれしひよのこゑ

ひらきたる傘に音して春の雪

山に見えてさくらや山が近く見ゆ

本降りとなる山道の椿かな

朝の日のはや高くあり桐の花

高々と橋桁があり夏の果

吹かるるや町のはづれの青棗

石段に青き落葉や魂まつり

散りぢりに吹かるる楡や秋深き

呼ばれたる声にふりむき秋の暮

鶏頭が赤し向うに夜の山

いつぱいの日ざしや葡萄畑枯るる

杉 山 の 上 に 浮 雲 初 扇

空どこか青し雪降る林檎の木

窓にくる大きな雪や雛まつり

金鳳華風あたたかくなりにけり

空あをきまま日の暮るるさるすべり

地に長き木の影のありクリスマス

一幹の晴れたる高さ冬の桐

忘年やうごかぬ川に雪降りをり

空蟬や幹にしばらく夕日あり

水底を水過ぎゆくや曼珠沙華
ゆき過ぎて花柊の匂ひけり

翔ぶものの影いくたびも花辛夷

鳥雲に枝照つてゐる葡萄の木

石垣に垂るる青蔦復活祭

畳やや冷えて八十八夜かな

磧への道照つてゐる氷菓かな

夏杉や雲の上を雲通りゐる

塔よぎりゆく鳥のあり秋袷

石畳まつすぐゆきて神無月

父亡くてひときは高き冬欅

煮凝や風のこゑして櫟山

校庭に鉄棒二本山眠る

夕ぐれの雀のこゑや氷餅

冷麦やところどころにちぎれ雲

水底の明るくなりぬ秋扇

鴨居明るく十月の来たりけり

くるぶしの冷えくる夜やきりぎりす

瘤目立ちたる一月の胡桃の木

高みくる波のうねりや椿餅

ずぶ濡れの雀のかほや夏ゆふべ

なほ遠き嶺見ゆるなり秋袷

雑炊や大きな月の出てをりし

第二章

平成元年〜十年（一九八九〜一九九八）

まだあをき夕空のあり蜆汁

日の暮を風吹いてゐる椿かな

川べりをゆきて日暮るる白地かな

春の暮弱火つかひてもの煮てをり

三月や棘くれなゐに茨の木

朝の間に力仕事や茄子の花

戸袋に水の匂ひやほととぎす

高き樹にいつも風あり初単衣

てのひらの乾く夕ぐれ梨の花
畳掃く音のすずしき夕べかな

あをあをと吹かるる露のはは き草
ゆるやかに夕闇まとふ牡丹かな

秋祭橋のたもとに灯がともり

文机に文鎮ひとつ秋の風

水餅やものの音ふゆる日暮どき
いつも日の射すひとところ冬座敷

ゆるやかな山なみ見ゆる雛まつり

風ややに強くなりたるライラック

郭公や木立の奥に木立あり
風に立つ葉の色いろや更衣

日当りていつもの山や冬至粥

囀りや笊にほぐるるうどん玉

こもり居となりし日を春の雪

座布団にすこし冷えある新茶かな

水飲んでおのれ励ます青葡萄

木綿着て木綿の匂ひ花水木

白玉や灯ともしごろを母の家

つぶやきてひとりの声の秋の暮

紅梅や水櫛をして身づくろひ

ひと葉づつ吹かるる八つ手更衣

郭公や木椅子の上に文庫本

塵すこし焚いて日暮るる曼珠沙華

夜の椅子に深くかけをりきりぎりす
秋の暮人の流れの中にをり

裏山の闇となりたる茸汁

かりがねや一抹の空暮れのこり

風呂吹や山なだらかにつらなりて

散らばつて雀のこゑや初氷

灯ともして音なき家や春の雪

酢の味をすこし濃いめにさくらどき

眼前に夜の海あり夏料理

鳥はるかゆく空のあり白絣

歩きゐて定まるこころ青胡桃

薔薇ひらく床頭台に聖書かな

家々に灯のあんずいろとろろ汁

寒木や花のやうなる雲浮かび

日向濃き山なみのあり七日粥

きのふ行き今日ゆく道や冬木立

きさらぎの梢しづかなる楢林

草餅やゆく雲をただ眺めをり

湖のひろびろとあり秋扇

しばらくは篁に降り春の雪

風見ゆる遠き一樹や更衣

夕ぐれの空のみづいろ葛ざくら

仰ぎゐて風なくなりし朴の花

日輪の高きしづけさ蟻地獄

白桃や波ゆるやかに夜の川

磧より水のこゑごゑ曼珠沙華

第二章

平成十一年〜二十年（一九九九〜二〇〇八）

椋の木にかたまつてをり寒雀

水べりに人佇つてをり春の暮

炎天を近づいてくるピエロかな

かなかなや天井たかき畳の間

暮れぎはの空の藁いろ山眠る

あかあかとして鶏頭のみな枯るる

セザンヌの深き朱のいろ十二月

力得しゴッホの色や冬深き

矢車や一本道の日当れる

身をつつむ朝風のあり若楓

白玉や柱に夕日のこりをり

葛切や畳暮れゆく母の家

母の忌のきさらぎの雪川に降る
桜咲き満ちてなにかを忘れゐる

かたつむり山々遠くつらなりぬ

歩を止めて九月の櫃の木のほとり

シャガールの馬の大き目青嵐

はつ夏や樹間を風のひろがり来

岩ひとつ日に照つてゐる花野かな

木枯や水に灯のいろ濃くなりぬ

母亡くて百の椿の咲いてをり

空いろの朝空ありぬ更衣

黒松や十月の沖くもりをり

片あかりして山暮るる芒かな

杉の木の一本づつに天高し

三月や豆腐の上に花がつを

なほ奥の幹に薄日やかたつむり

白桃や山々闇に沈みたる

天窓にあをき天空寒卵

囀りや空映りゐる水たまり

山なみの彼方の空や春暮るる
奥に灯のともりそめたる冬木立

風音のなかを風おと山眠る

もの音のなき昼下りかき氷

いくひらとなく藁いろの秋の蝶
見えてゐて道遠くあり春の暮

いま翔ちしものの羽音や今年竹

初蟬や水の香立ちて杉林

をりふしに夕風立ちぬ吾亦紅

水面まだあかるき夕べきりぎりす

高野槙大樹や春の空あをき

佇みし肩にこぼるる椎の花

第四章

平成二十一年～三十年（二〇〇九～二〇一八）

空中に鳥のこゑごゑ復活祭

夏帯の母のいろなるみづあさぎ

目にしばし松のみどりや氷水

振り返る夕日の坂や秋祭

いくたびも雲を眺むる九月かな

息深く吸ひ十月の樫の下

落日のいまあかあかと冬の街

煮凝や外に夕闇の来てをりぬ

立春や胸高に鳩歩みをり

紅梅や身を包みくる日ざしあり

起きぬけの一杯の水桜咲く

風高まりて六月の柞かな

凌霄や真水のごとき空垂るる

一本の杉見ゆるなり秋扇

悼　森澄雄先生

水澄みて空澄みて師の旅立てり

先生を偲ぶ会

おのおのに十月の灯や黙禱す

晩餐や粒くもりたる黒葡萄

ひとすぢとなりしんしんと川涸るる

風出でて澄むくれなゐの寒椿

寒明くる木のてつぺんに雀たち

きさらぎの木立や奥の幹ひかり

東日本大震災

それぞれの重たきいのち山ざくら

さまざまの雲とゆきあふ晩夏かな

白桃や夕ぐれの山重なりて

碧天に何か音する黒葡萄

山茶花や一気に日ざし衰ふる

辻に佇ちゐてユトリロの冬の街
一服の茶にぬくもりぬ冬座敷

はや夜のいろとなりゆく白障子

向き合ひておのれとなほも冬ごもり

いつか身にふえたる影や山眠る

空を突く枯枝ビュッフェの絵のごとし

冬林檎雲うすれつつ流れゆき
いつか身に寄り添ふ日ざし冬椿

深ぶかと吐くひと息や山眠る

闇に目を見据ゑてをりぬ去年今年

日月のそそり立ちたる冬銀河

すずかけの木にひとしきり春の雪

一天を雲うづめたる椿かな

青空にひとはけの雲わらび餅

乳いろの春の夕べの来てをりぬ

目に立ちて樹に白き花聖五月

夕牡丹ゆつくりと息とのふる

一睡のあとの青天かたつむり

この道の先はいづこや秋の暮

素通りの数十本の枯木立

一日の力のもとや寒卵

考ふることのふえきし青葉木菟

身の芯のいまもゆれをり曼珠沙華

こほろぎや己が心をはかりかね

まばたきて風に灯ともる十二月

大寒や羽ばたく鳩のまむらさき

過ぎし日は水のやうなる桐の花

漱石の「こころ」のなかや青葉木菟

凍蝶の眠りのなかの月日かな

枯木みな枯れ尽くしたる枝あかり

冬芭身をあたたむる夕日あり

坂の上に風の樹見ゆる五月かな

風の樹はわがこころの樹聖五月

時明かりして林中の椎の花

でで虫よ動かねば身の衰ふる

ただ歩みゆく炎天の白き道

水澄んで夕べ明るき桐の幹

ひと息に暮れてしまひし秋の山

近づきて影ふくみたる冬椿
翔ぶものに空はろばろと春立ちぬ

胸冷ゆる日や紅梅の咲き満ちて
ひとときが過ぎひと日過ぐ桜かな

万緑や息ととのふることしばし

遠き日のただ透くばかりかたつむり

切株の太き渦の目夏深き

こもり居のいつかふえたるとろろ汁

新豆腐夕日大きくなりにけり

ゆく坂のにはかにけはし秋の暮

佇めば共に佇む冬木あり

凍蝶の刻一刻のうすあかり

山を見ぬ日々やこころに山ねむる

三月の川面を川の流れゆく

指先の一本づつの花の冷え
さくら湯やどこか遠くを風のおと

木蓮にただにさみしき空のあり

桜木の枝幹のうねり五月闇

飴いろの木洩れ日ゆるる葉月かな

水澄みて遠くのもののよく見ゆる

左大腿骨骨折

骨折つてうすき我が身や初ざくら

大勢の人のゆき交ふ花の昼

一歩また一歩やけふの花仰ぎ
置きどころなき身に緑さしきたる

葛ざくらきれいに食べてしまひけり

歩を止めてゆらぐ日輪炎天下

己が身をたひらに伸ばし秋畳

そこはかとなくむらさきの花野かな

水澄んでおのれ励ます日々のあり

声出して次の一歩や鶏頭花

梨食べてみづいろの空ありにけり

ひらひらとひらひらひらと秋の蝶

天空のいましづかなる葡萄かな

ただありて梢や秋の夕日中

ほのぼのと十月ざくら咲きにけり
あたたかき言葉身に沁む昨日今日

新豆腐すこし早めに灯をともし
いま冬のひかりとかげのフェルメール

忘年や空に無数の細枝あり

ゆつくりと歩を運びをり年の暮

第五章

平成三十一年～令和三年（二〇一九～二〇二一）

日当りて一本の道年新た

見渡して風の波立つ五月かな

みなやさしくてぼうたんの咲きにけり

目つむりて目を休めをりほととぎす

かなしみを背負ひしひかりかたつむり

七月の木となりいつも風見ゆる

さびしさに眉を描き足す夜の秋

ぽつねんと佇ちかなかなの松のもと

八月の樟にきれいな鳥止まり

やさしくて目にいっぱいの秋ざくら

悼　酒井和子さん

うたた寝のあとのさみしき秋の空

仰ぎゐて十月の松ここにあり

とどまれば吹かるるばかり秋の暮

過ぎてゆくけふのひと日の年の暮

わがいのちなほ大切に年新た
いつも朝しばし見上ぐる冬木あり

ひとひらのみるみるふゆる春の雪

いくたびも空を見上ぐる日永かな

花冷えの花のこゑごゑ風に散る
コロナウイルスさくらま白く咲きにけり

白昼の音途絶えたる牡丹かな

六月のどこかさみしき空のあり

炎昼の奈落の底に落ちにけり

右手首骨折

まろびたるひとつ身夏の空高き

きらきらときらりきらりと黒揚羽

水澄んで手指を花のごとひらき

群がりし九月の雲をさびしめり
気づかずに夢の秋野をめぐりをり

置きどころなき身となりて秋深き
夕ぐれの花野や誰か呼んでをり

寒林の幹の明るさ身に受くる

新春やおのれ励ます朝がくる

双の手を大きくひらき春立ちぬ

夕暮の遠景や春立ちてをり

芯ほのぼのと紅梅の咲きにけり
身をつつみこころをつつみ春の風

草餅を食べてひと日の力とす

昼過ぎのさみしきときをさくら餅

みな遠くなり万緑の風の中

もう誰も居らぬこの家水澄めり

父母の声兄の声空高くなり

かなかなやそこに大きな夕日あり

どこまでも道つづきをり秋の暮

風明るくて天空の花野かな

草も樹木も自分も……

田島佑子

俳句というこの不思議なものに取り憑かれていながら、私にはいつもゆれる思いがあります。苦しくなると逃げ出したくなったり、捨てるために句を作っているような空しい思いにおそわれたり、絶えず胸がざわざわしています。俳句がわかりかけてきたような気になり、ひかりが見えたかと思うと、たちまち又もとの暗闇に閉じ込められてしまいます。

そんな中で、森先生のお言葉のひとつひとつを胸深くたたき込んでは、大きな支えとしてまいりました。今日を新しい門出の日として、自分にとって俳句とは何なのかを改めて己れに確かめつつ、俳句に対する心根を据えなければと思います。
　この澄んだ空、日ざし、風、そよぐ草、ゆれる樹々、再びもどってくることのない今という瞬間のかがやきを本当に美しいと思います。その中にこうして今生きて在るということ、草も樹木も自分もいのちあるものとして同じにあたたかい日ざしを受けているということに、涙の出るほどの感動を覚えます。そして今日という日を精一杯生きぬいて、その中で自分なりの俳句を作っていきたいと切に思うばかりです。ゆれ続ける己れとたたかいながら、このひとすじの道を歩んでゆく覚悟です。

（昭和五十八年「杉」十月号「新同人の抱負」より）

あとがき

俳句という十七音の世界に魅了されてからいつしか四十余年になります。勤務先の俳句同好会で、「末黒野」の皆川白陀先生、「泉」の小林康治先生のご指導を仰ぎました（『杉』以前」五句中一句目～四句目、講談社刊『新編俳句歳時記』に収録。五句目、講談社刊『日本大歳時記』に収録）。

そして森澄雄先生に出会い、現在の森潮先生とのつながりの中で、俳句を日々の支えとして年月を重ねてまいりました。顧みて、すばらしい先生方に恵まれまして、感謝の気持ちで一杯になります。

ゆつくりとうごく曇天黒葡萄

先師森澄雄先生にこの句を採っていただき、珠玉のようなありがたいお言葉を賜りまして、感謝感激の極みでした。「素の心を大事に」との生きゆく力、いのちの力を授かり、この教えを胸深く刻んで、自らを励ましつつ努めてまいりました。楽しい日、苦しい日、自分自身と向き合う繰り返しの年月でもありました。

三十余年を経て、森潮先生の選で、

天空のいましづかなる葡萄かな

を採っていただき、そのつながりに感謝と共に不思議な感動を覚え、今迄のつたない句をまとめたい思いへと駆り立てられたのです。

葡萄はもとより好きな果実の一つで、見て美しく、食して美味、まさに天の恵み、地の実りとして、多くの喜びをもたらします。この果実のいのちの力に触れては、大きな励ましを授かります。すると不思議にも胸高鳴るロマンの世界が無限に広がっていくようで、只々ありがたく、胸が一杯になります。この思いが結実して、句集名を決めさせていただきました。

数年前までの度重なる帰郷の折に、取り囲む山々、流れゆく川は、私にかけがえのない恩恵をもたらしてくれ、私の俳句の原点になっているように思われます。まわりの人々、そしてこの自然界に支えられているからこそ、生きている今の自分があることを改めて強く思うのです。

先師森澄雄先生の「素の心を大事に」を更に深く心に刻み、前をそして上を向きつつ、これからの年月を歩んでまいります。

刊行に当り、身に余る序文・装丁を森潮先生に賜り心より深く感謝申し上げます。「文學の森」の皆様、「杉」の先輩、句友、友人、知人、そして今は亡き父母兄弟を含む家族にも心からの感謝を捧げます。

本当にありがとうございました。

令和二年（二〇二〇）七月

田島佑子

句集『葡萄』に寄せて

姉、佑子は、誰にも頼らず、独りで生きてまいりました。頼ってほしいときも、自分独りで決める人でした。七人兄弟の長女で、しっかり者なので私はいつも頼りにしており、父母の亡き後の親戚の情報など、姉に聞けばすべてわかりました。十五人の甥、姪を、自分の子供のようにかわいがり、折に触れて会いに行き、お祝いなどは欠かさず贈り、大変慕われておりました。ですから、姉の死は、甥、姪にとっても大きな喪失でした。

姉は本当に俳句が好きでした。亡き母が八十歳を過ぎてから、姉に俳句を添削してもらっていると、楽しそうに話していたのを思い出します。講談社の歳時記に載ったときは、兄弟全員に本を配り、私も大変誇らしく思いました。森潮先生の序文にもありましたが、叔父の故増田手古奈の俳誌「十和田」を熟読して大いに影響を受けたことは確かでしょう。

歩き方がおかしいと一番下の弟（外科医）に指摘され、パーキンソン病が判明、六年ぐらい前に、大腿骨骨頭骨折をし、術後普通に歩けるようになったのに、三年前、朝露に濡れた道で転倒し、右手首を骨折。独り暮らしは無理ということで、自分で施設入所を決めました。しかし、入所後、歩行困難で、車いす生活になりました。私は、手首骨折でなぜ歩けないのと電話で叱咤激励してしまいました。しかしそれは、リハビリもしないための廃用症候群と、褥瘡ができていたせいだったのでしょう。良かれと思ってしたこととはいえ、厳しい言葉をかけてしまい後悔しております。医療者、介護者側からすると、廃用症候群、褥瘡ができることは大きな恥とされています。体を思うように動かすこともできず、文字を書くこともできず、どんなにか悔しい思いをしたことでしょう。このころ、念願の句集について、もうおおよそ完成していると言い、出版を待つばかり、と電話では明るい声でした。

ところが、二〇二一年十月、痙攣発作で救急搬送され、入院生活となり、二～三か月をめどに二か所の都内の病院を転々としました。急性期病院での入院は三ヶ月までとするのが原則で、それ以上長く居続けることはむずかしいのです。我々は姉の新しい入院先を探さねばならず、頭を悩ませていたところ、心臓血管外科医の甥、泰の病院で引き受けてもらえることになりました。姉はとても喜びました。

入院中、主治医の泰は姉に句を詠むようせがみ、そのやりとりを録音していました。それを泰の兄、直が文字に起こし、親族のグループラインで共有しました。毎日のように俳句を作って励まし合っている様子がうかがえ、興味深いことでした。しかし、認知機能も衰え、ところどころ幻想、幻覚も混じり、身内で読むのはいいとしても、かつての姉の句ではなく、森潮先生と編集者様と本の制作を手伝った姪の美絵子と相談して、本編での掲載は控えさせていただきました。ですが、こちらで一句だけご紹介させて下さい。

ヒヤシンス澄に澄づきヒヤシンス

病床の姉がこの句で澄という字を二度も使ったのは、師・森澄雄先生が心に深く刻み込まれていたからではないか、と。彼女にとって、泰との三か月間が、最後の楽しい時間でした。

寝たきりで、褥瘡のある老人を、泰の急性期病院に、いつまでもお願いすることは忍び難く、私の住む仙台の知り合いの病院で引き取ることにしました。仙台に来ても、コロナ禍で私たちは自由に面会できず、忸怩たる思いでした。主治医の話では、俳句のようなものを作って看護師さんたちに披露していたそうです。いつも句作を考えていたのでしょう。俳句は彼女の一筋の生きる希望でした。亡くなる二週間前、見舞いに訪れると、「克子、ありがとう。でも、もういいわ」それが最後の言葉でした。二〇二二年九月二十八日に姉は永眠いたしました。

わすれもの探す道の辺葡萄棚　　作・克子

そういえば、母も姉もわたくしも、昔の皮の厚い種のある葡萄が大好きでした。

二〇二三年　如月

髙橋克子
（田島佑子の妹）

著者略歴

田島佑子（たじま・ゆうこ）

昭和10年（1935）２月８日　青森県三戸郡三戸町生れ
昭和32年（1957）　津田塾大学学芸学部英文学科卒業
昭和34年（1959）～平成７年（1995）　ソニー（株）勤務
昭和55年（1980）　「杉」入会
昭和58年（1983）　「杉」同人
平成９年（1997）～17年（2005）
留学生を対象とする駒場日本語教室にボランティアとして参加
日本語の美しさ、奥深さを再認識
令和４年（2022）９月28日　逝去。享年87歳
俳人協会会員

遺族連絡先　髙橋克子（妹）
〒981‐3112　宮城県仙台市泉区八乙女２‐12‐２

句集

葡《ぶ》萄《どう》

発　行　令和五年四月二十八日
著　者　田島佑子
発行者　姜　琪　東
発行所　株式会社　文學の森
〒一六九-〇〇七五
東京都新宿区高田馬場二-一-二　田島ビル八階
tel 03-5292-9188　fax 03-5292-9199
e-mail　mori@bungak.com
ホームページ　http://www.bungak.com
印刷・製本　有限会社青雲印刷

ISBN978-4-86438-837-5　C0092